SOPA DE LIBROS

Juan Ignacio Luca de Tena, 15. 28027 Madrid

www.anayainfantilyjuvenil.com
e-mail: anayainfantilyjuvenil.es

Primera edición, octubre 1999; 2ª impr., febrero 2003;
3ª impr., febrero 2004; 4ª impr., mayo 2005

Diseño: Manuel Estrada

ISBN: 84-207-9263-2
Depósito legal: M. 20.501-2005
Impreso en ANZOS, S. L.
La Zarzuela, 6
Polígono Industrial Cordel de la Carrera
Fuenlabrada (Madrid)
Impreso en España - Printed in Spain

Por caminos azules... : antología de poesía / a cargo de Jaime García Padrino y Lucía Solana ; ilustraciones de Luis de Horna. — Madrid : Anaya, 1999
112 p. : il. n. ; 20 cm. — (Sopa de Libros ; 43)
ISBN 84-207-9263-2
1. Poesías infantiles I. García Padrino, Jaime y Solana, Lucía, sel. II. Horna, Luis de, il. III. TITULO
860-1

Por caminos azules...

SOPA DE LIBROS

Por caminos azules...

Antología de Poesía Infantil
Jaime García Padrino
y Lucía Solana

Ilustraciones
de Luis de Horna

ANAYA

A nuestros hijos, Jaime, Ramón y Arturo,
a nuestros alumnos,
y a Arturo Medina, que nos inculcó
este afán por acercar la Poesía a la infancia.

Prólogo

Amigo lector o amiga lectora:

Antes de que inicies la lectura de los siguientes poemas, queremos explicarte algunas cosas.

Primero, que este libro que tienes entre tus manos es una antología de Poesía Infantil, entendida como aquella que está también al alcance de los lectores más jóvenes, y de todos aquellos —padres, profesores, adultos en general— que se sientan atraídos por unos poemas cuya lectura les hará sentirse como auténticos niños y niñas.

Segundo, que para seleccionar los autores y poemas que ofrecemos ahora no hemos buscado la sencillez o facilidad de versos cargados de rimas tan sonoras como rebuscadas, a la que algunos identifican con una *poesía infantil* distinta o apartada de la Poesía general. Nos ha interesado más buscar composiciones donde las palabras de cada verso animan la más sencilla emoción estética y alcanzan así una auténtica condición poética.

También queremos explicarte —antes de que leas estos poemas de muy distintos autores— que no nos ha preocupado para quién hayan podido ser escritos en su momento, si para niños o para los adultos en general. En realidad, ¿para quién escribe el poeta?

Más importante nos parece que, cuando leemos un poema, cada uno de nosotros queramos hacerlo nuestro, que podamos sentir que nos estaba esperando sólo a nosotros, y que nos parezca que, al fin, hemos encontrado unos versos que nos emocionan, que nos despiertan una sensación tan especial como difícil de explicar.

Son razones que justifican la variedad de autores reunidos en esta selección. Desde los grandes clásicos de la denominada *poesía para adultos,* a otros menos conocidos y más vinculados a ese género tan difícil y discutido como es la *poesía infantil.*

Pero esa mezcla de autores no ha sido caprichosa. Entre ellos hay una gran coincidencia, un rasgo común, que ha inspirado nuestra selección a la hora de elaborar la presente antología: han sabido ver el mundo y la realidad infantil con auténticos ojos de niño. Han animado con sus poemas un particular universo de la infancia. Creemos que han sabido colocarse al lado de un niño o una niña determinada para cantarle o recitarle unos versos que pueden emocionar a otros muchos lectores y lectoras como si fuésemos cada uno de nosotros los que hemos inspirado las palabras de esos versos.

Te ofrecemos, por tanto, poemas tomados de diversos poetas y de diversos libros. Que están esperando, en especial, a los más jóvenes para que lleguen a adentrarse por cada uno de estos poemas. Para conseguirlo pedimos también que ese descubrimiento sea ayudado o acompañado por otros lectores adultos, por padres y maestros, que les faciliten ese encuentro con la Poesía. Y que después les animen a seguir leyendo y conociendo otros poemas y a otros autores.

Por otra parte, hemos estructurado esta antología en cinco grandes apartados. Desde esos primeros contactos con la palabra poética —en las nanas de «A ro ró, mi niño...» y las canciones de «Duerme, niño, duerme...»—, hasta una interpretación particular del mundo de la escuela, en «Mil veces mil, un millón...», como la primera entrada en la socialización fuera de la familia. Y entre ellos, «En el rincón del parque...» —o el mundo de las primeras sensaciones, las primeras enfermedades, las primeras relaciones—, y «Por caminos azules jugaría...», con los juegos que ayudan a descubrir a los niños y las niñas la existencia de otros, a disfrutar con sus primeros compañeros.

Para terminar, queremos recordar que la voz poética es un don natural para el ser humano. Todo individuo, desde que se le ofrecen las primeras nanas y canciones, disfruta con la Poesía. Y debemos evitar que ese disfrute se agoste o se olvide. Para ello debemos mantener y estimular esa disposición innata infantil para que germine, crezca y se desarrolle en sus espacios más habituales —familia y escuela— hasta llevarle con el tiempo a ser un lector autónomo que busque en el verso a uno de sus mejores compañeros.

Jaime GARCÍA PADRINO
Lucía SOLANA PÉREZ
Verano 1999

A RO RÓ, MI NIÑO...

A RO RÓ, MI NIÑO...

A ro ró, mi niño,
a ro ró, mi sol
a ro ró, la prenda
de mi corazón.

*

Mi niño tiene sueño,
tiene ganas de dormir,
tiene un ojillo cerrado
y otro no lo puede abrir.

*

Si mi niño se durmiera
yo le acostaría en la cuna,
con los piececitos al sol
y la carita a la luna.

*

Este nene lindo
no quiere dormir,
cierra los ojitos
y los vuelve a abrir.

TRADICIONAL

NANA DEL NIÑO MALO

¡A la mar, si no duermes,
que viene el viento!

Ya en las grutas marinas
ladran sus perros.

¡Si no duermes, al monte!
Vienen el búho
y el gavilán del bosque.

Cuando te duermas:
¡al almendro, mi niño,
y a la estrella de menta!

Rafael ALBERTI

NANA DE LA NIÑA MALA

No quiere dormir,
no quiere comer,
no quiere mi niña,
no quiere crecer.

—Señor lobo, venga,
venga por acá.

—No venga, no venga,
ya se dormirá.

Ay flor de naranjo,
ay limpio clavel,
ojillos de menta,
boquita de miel.
Venga por acá...

En los brazos de mi niña
el lobo dormido está.

Celia VIÑAS

NANA DEL NIÑO GOLOSO

Arroró, mi niño
que la noche llega.
Arroró, mi niño
con su capa negra...

Si te duermes pronto,
todas las estrellas,
dulces caramelos
de limón y menta.

¡Oh! qué gran merengue
la lunita llena!

Ángela FIGUEIRA AYMERICH

LA MEDIA LUNA ES UNA CUNA

(A mi primer nieto)

La media luna es una cuna,
¿y quién la briza?
y el niño de la media luna,
¿qué sueños riza?

La media luna es una cuna,
¿y quién la mece?
y el niño de la media luna,
¿para quién crece?

La media luna es una cuna,
va a luna nueva;
y al niño de la media luna,
¿quién me lo lleva?

Miguel de Unamuno

NANA

La señora Luna
le pidió al naranjo
un vestido verde
y un velillo blanco.

La señora Luna
se quiere casar
con un pajarito
de plata y coral.

Duérmete, Natacha,
e irás a la boda,
peinada de moño
y en traje de cola.
Duérmete.

Juana de IBARBOROU

OYE, HIJO MÍO, OYE

Oye, hijo mío, oye
oye la nana.

Te llenaré la cuna
de rosas blancas
que así vendrán los ángeles
de lindas alas.

Te compraré un caballo
de crines blancas
para llevarte al río
a ver las aguas.

Te alcanzaré la luna,
la luna blanca,
para que cuando duermas
bese tu: cara...

Ya te canté la nana,
duérmete ya;
si no las rosas
se mustiarán.

Si no el caballo
se marchará
y ya la luna
no te querrá...

Duérmete, duérmete,
duérmete ya.
Eha... Eha... Aaaa...

José Luis HIDALGO

DUERME, NIÑO, DUERME...

DUÉRMETE, CLAVEL

Duérmete, clavel,
que el caballo se pone a beber.

Duérmete, rosal,
que el caballo se pone a llorar.

Nana, niño, nana.

¡Ay, caballo grande,
que no quiso el agua !

¡No vengas, no entres!
¡Vete a la montaña!
¡Ay, dolor de nieve,
caballo del alba!

Mi niño se duerme...

Mi niño descansa...

Duérmete, clavel,
que el caballo no quiere beber.

Duérmete, rosal
que el caballo se pone a llorar.

Federico GARCÍA LORCA

NANA

Duérmete, niño mío,
    flor de mi sangre,
lucero custodiado,
    luz caminante.

Si las sombras se alargan
    sobre los árboles,
detrás de cada tronco
    combate un ángel.

Si las estrellas bajan
    para mirarte,
detrás de cada estrella
    camina un ángel.

Si la nieve descansa
    sobre tu carne,
detrás de cada copo
    solloza un ángel.

Si viene el mar humilde
    para besarte,
detrás de cada ola
    dormirá un ángel.

¿Tendrá el sueño en tus ojos
    sitio bastante?
Duerme, recién nacido,
    pan de mi carne;

lucero custodiado,
    luz caminante,
duerme, que calle el viento...
    dile que calle.

Luis ROSALES

NANA PARA EL SUEÑO DE UN ÁNGEL

Mi jazmín chiquitico
nunca se duerme,
un ángel tiene dentro
con alas verdes.

Con alas, que no quiero
que desconcierten
su sueño de caballos
de agua con nieve.

Mi jazmín chiquitico
nunca se duerme.

Espera que a la noche
venga un jinete
arrastrando una nube
para que juegue.

Juan José CEBA

NIÑO

NIÑO dormido en el florido huerto.
Una cosa tan sólo es aún más bella.
   Niño despierto.
   Estrella.

Niño despierto en el huerto florido.
Una cosa —una sola— a ti prefiero.
   Niño dormido.
   Lucero.

Gerardo DIEGO

NANA DE LA LUZ

La florecita del sueño
crece con mi voz, ¿la oyes?

Las hojas tiene de oro,
y se derrama su polen
con el viento de la aurora
que va levantando flores.

¡Arriba, flores del sueño;
a levantarse, balcones!
Y que se asomen las niñas
a ver la luz de los soles.

La florecita del sueño,
asustada de empellones,
acurrucada en mi pecho
te llama a ti y no la oyes...

Carmen CONDE

NANA DE LA PALOMA

El sueño se ha perdido,
nadie lo encuentra,
soltar esa paloma,
que es mensajera.

Dile que acuda,
que mi niña, despierta,
vela en la cuna.

Corre, ve, vuela,
que mi niña en la cuna
velando espera.

Concha LAGOS

NANA DEL BURRO GORRIÓN

(A mi hijo Camilo José)

Duérmete, burrillo manso,
  que ya es la hora.

Ya te has cogido la flor
  de la amapola.
  Ya has bebido en el restaño
  del agua sola.

Duérmete, burrillo manso,
  que ya es la hora.

Camilo José CELA

VERSOS DE LA MADRE

Cierra los ojitos,
el niño de nieve.
Si tú no los cierras,
el sueño no viene.

Pájaros dormidos
—el viento los mece—.
Con sueño, tu sueño
sobre ti se extienden.

Arriba, en las nubes,
las estrellas duermen;
y abajo, en el mar,
ya sueñan los peces.

... Mi niño travieso,
mi niño duerme.
Ángel de su guarda,
dime lo que tiene.

Que venga la Luna
que a la estrella mece,
que este niño tuyo
lucero parece.

Gloria FUERTES

En el rincón del parque...

EN EL PARQUE

En el rincón del parque,
allí está.
Solo, trabajando su barro,
auscultando la hierba,
manchando su tristeza,
allí está.

En el rincón del parque,
junto al agua.
Solo, sin amigos, sin juguetes,
con sus ojos de mar
acariciando,
allí está.

En el aire del parque,
entre los árboles.
Moviendo su sombra diminuta,
su pantalón de pana,
su suspiro,
allí está.

En el cielo del parque,
atardeciendo.
Jardinero sin flores,

junto al banco,
mi niño, rubio, blanco,
allí está.

José LEDESMA CRIADO

LOS PIES FRÍOS

Alicia se acuesta
con los pies muy fríos.
Ni bolsa de goma
ni tarro de vidrio.

Nada.
Fríos.

El Conejo Blanco,
su mejor amigo,
le da unos patucos
blancos y amarillos.

Alicia se duerme
sin decir ni pío.

(Sentada en la rama
más alta del pino,
la luna contempla
su rostro dormido.)

Carlos MURCIANO

SARAMPIÓN

A los hermanos Espinar López
por su sarampión a los 20 años

¡Jesús, que calor!
Tengo sarampión.

Saco una manita,
saco una orejita,
saco la cabeza,
mi madre me tapa...

Señor, ¡qué pereza!,
¡qué sed de sifón!
Tengo sarampión.

Y son mis mejillas,
—dice la abuelita—
dos rojas llamitas.

Ha venido serio
el señor doctor
y me van a dar
agua de limón.

Celia VIÑAS

ANSIA

La tijera y el dedal
en el regazo olvidados.

¡Qué linda está la mañana!
¡Tantas flores! ¡Tantos pájaros!

—¡No quiero muñecas, ea!
¡Ni zurcir en estos trapos!

—¿Qué haces, niña?

—¡No hago nada!...

¡Madre, ponme los zapatos,
y el vestidito de rosas
y de barquitos pintados!
—Pero, niña, ¿tú no sabes...?
—¡Que me pongan los zapatos!
y el vestido de volantes
y fresas, o aquel de pájaros...!

Jugando a la rueda tejen
un rondel de alegres cantos,
unas rondas infinitas
que alarga lejos el campo.

La pequeña costurera
de los ojos alargados
llora, junto a la ventana:
—¡Que me pongas los zapatos!

Pura VÁZQUEZ

CARICIA

Madre, madre, tú me besas,
pero yo te beso más.
Como el agua en los cristales
caen mis besos a tu faz...

Te he besado tanto, tanto,
que de mí cubierta estás
y el enjambre de mis besos
no te deja ni mirar...

Si la abeja se entra al lirio,
no se siente su aletear:
cuando tú al hijito escondes
no se le oye el respirar...

Yo te miro, yo te miro
sin cansarme de mirar,
y qué lindo niño veo
a tus ojos asomar.

Gabriela MISTRAL

UN CABALLO BLANCO

MADRE... no me riñas,
que ya nunca vuelvo a ser malo...
No me riñas, madre...
que ya no vuelvo a llenarme de barro.
Madre... no me riñas,
que ya no vuelvo a manchar mi vestido blanco.

Madre...
cógeme en tus brazos...
acaríciame,
ponme en tu regazo...
Anda... madre mía,
que ya nunca vuelvo a ser malo.
Así...
      Y arrúllame... y cántame... y bésame...
duérmeme... apriétame en tu pecho
con la dulce caricia de tus manos...
anda... madre mía
que ya no vuelvo a llenarme de barro.

Madre...
¿verdad que si ya no soy malo
me vas a comprar
un caballo blanco
y muy grande,

como el de Santiago,
y con alas de pluma,
un caballo
que corra y que vuele
y me lleve muy lejos... muy alto... muy alto...
donde nunca pueda
mancharme de barro
mi vestido nuevo,
mi vestido blanco?...
¡Oh, sí, madre mía...
cómprame un caballo
grande
como el de Santiago
y con alas de pluma...
un caballo blanco
que corra y que vuele
y me lleve muy lejos... muy alto... muy alto...
que yo no quiero otra vez en la tierra
volver a mancharme de barro!

León FELIPE

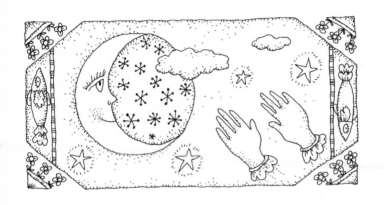

CANCIÓN DE MAITINA

A la orilla del mar
busco un pez colorado,
como soy chiquitina
se me escapan las manos

Se me escapan las manos
se me van con la luna,
y las olas que saltan
me salpican de espuma.

Me salpican de espuma
y el vestido me mojan.
A la orilla del mar,
¡cómo saltan las olas!

¡Cómo saltan las olas!
¡Cómo llegan saltando!
Con la ola más grande
viene un pez colorado.

Viene un pez colorado,
yo no puedo cogerlo,
como soy chiquitina
se me rompen los dedos.

Luis Felipe VIVANCO

POR CAMINOS AZULES JUGARÍA...

LA COMETA

Paloma de papel sube hasta el cielo
por mis manos ansiosas manejada,
pájaro azul y blanco, en escalada,
hilo y alma te doy para tu vuelo.

Sube más, sube más, que yo te velo.
Quedarás en las nubes enredada.
Piedra y árbol envidian tu alada
excursión con los pájaros del cielo.

No te rasgará el pico de una estrella
ni un ángel cortará tu hilo delgado
ni el viento borrará nunca tu huella.

De cañas y papel yo ser querría
y contigo ascender enamorado.
Por caminos azules jugaría...

Julio Alfredo EGEA

CANCIÓN DE CORRO

(A Matide Camus)

AM-BO-A-TO. Matarile-rile-rile.
Am-bo-a-to. Matarile-rile-rile.
Am-bo-a-to. Matarile-rile-ro.

Así cantabais las niñas, las niñas,
cuando era niño o joven yo.
Así cantabais en corro girando
a izquierda o derecha el reloj.

Am-bo-a-to. Ay Matilde-tilde-tilde,
Am-bo-a-to. Ay Matilde, tilde-to.

Vieja canción del castillo de Francia
silabeada a lo español.
Trenzas al aire: plazuela, alameda
girando del corro en redor.

Am-bo-a-to. Matarile-rile-rile.
am-bo-a-to. Matarile-rile-ro.

Y así se hacía poesía mi vida
y música mi vocación.
Y así la tuya, Matilde, la tuya,
trenzas o melenas de sol.

Mi-do-mi-sol. Si, Matilde-tilde-tilde.
Mi-do-mi-sol. Fa-mi-re-re-sol-sol-do.

Sigue saltando, danzando, cantando,
atrás o adelante el reloj.
Sigan vibrando en el corro infinito
tus versos de niña mayor.

Am-bo-a-to. Santander de nuestros sueños
Am-bo-a-to. Santander que se perdió.

Rueden tus versos, tus dichas, tus ecos
—tiovivo, corro, amor—.
Vueltas y vueltas a izquierda y derecha.
Mande en el corro —¡abril!— tu voz.

Am-bo-a-to. Matarile-rile-rile.
Am-bo-a-to. Matarile-rile-ro.

Gerardo DIEGO

¡A LA COMBA!

Comba, comba,
la que gane, que se ponga,
la que pierda, que se vaya.

Vaya, vaya,
la valla del corral,
el pollo sin pelar,
la niña le echa la sal.

Vaya, vaya,
la arena de la playa.

La niña con la ola,
sola, sola.

Vaya, vaya,
quien pierda, que se vaya.

Comba, comba,
quien gane, que se ponga.

Gloria FUERTES

DIVERTIMIENTO

—Buenas tardes, Profesor.
(Al quitarnos los sombreros
se escapan con un clamor
de desorden mil jilgueros.)

—Yo no he sido.
                    —Yo tampoco.
—¿Habrá sido mi alegría?
—Caballero, usted está loco.
—Llame usted a la policía.

Llámela que en el bolsillo
se me ha parado el reloj
y me canta —cri-cri— el grillo
de mi —cri-cri— corazón.

(En el columpio, Adelita
se ríe y no sé de qué,
ni qué me da o qué me quita,
ni qué, qui, co, cu, ca, que.)

Amparo GASCÓN
Gabriel CELAYA

PINTO, PINTO

Pinto, pinto, pinto,
pinto un monigote
que lleva una trenza
pegada al cogote.

Salto,
     salto,
          salto,
salto por un puente
donde pasa el agua
con mucha corriente.

Brinco,
     brinco,
          brinco,
brinco cuatro saltos
y uno más son cinco;
todos son muy altos.

Quiero, quiero, quiero,
quiero que me esperes
para la merienda,
aunque sea jueves.

Pinto,
    salto,
        brinco
            y quiero
este quinto.

Marina R OMERO

EL JUEGO

Paso, pasito, pisotón.
Corre, corre
que te pillo.

En la acera
    juega el niño
y en la fuente,
    el jilguero.

Paso, pasito, pisotón
quieto, quieto
que te veo.

En la plaza
    saltan los niños
y en el agua
    los luceros.

Paso, pasito, pisotón,
    tú y yo
            somos uno,
                    somos dos.

Lucía SOLANA

LA LUNA BLANCA

—La luna blanca parece
una raja de melón.
—Pues cuando está redondita
es un queso; o un tambor.

Ríe la luna, bajito,
oyendo hablar a los dos.

—A mí me parece un plátano.
¡Quién lo pudiera comer,
pues mamá los compra sólo
para mi hermano Javier!

La luna blanca se ríe
mucho más fuerte esta vez...

Ana María ROMERO YEBRA

MIL VECES MIL, UN MILLÓN…

EL ÁNGEL DE LOS NÚMEROS

Vírgenes con escuadras
y compases, velando
las celestes pizarras.

Y el ángel de los números,
pensativo, volando
del 1 al 2, del 2
al 3, del 3 al 4.

Tizas frías y esponjas
rayaban y borraban
la luz de los espacios.

Ni sol, luna, ni estrellas,
ni el repentino verde
del rayo y el relámpago,
ni el aire. Solo nieblas.

Vírgenes sin escuadras,
sin compases, llorando.

Y en las muertas pizarras,
el ángel de los números,
sin vida, amortajado

sobre el 1 y el 2,
sobre el 3 y el 4...

Rafael ALBERTI

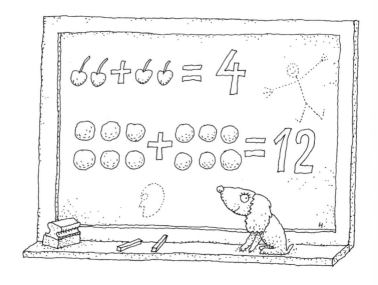

LAS CUENTAS CLARAS

Cerezas para las niñas,
los limones para el mar.
Naranjas para los niños
que mejor sepan contar.

El que cuente dos y dos
con cuatro se encontrará.
El que cuente seis y seis
una docena tendrá.

Concha LAGOS

CÓMO SE DIBUJA UN SEÑOR

Se dibuja un redondel,
y ya está la cabeza de Don Miguel

¡Ya tenemos la cabeza!
Ahora las orejas,
después las dos cejas,
ojos redondones,
boca, sonriente,
(con un diente),

nariz prominente,
bigote imponente,
—mucho bigote—
y un lacito en el cogote.
Para el pelo, rayas tiesas...
¡Ya tenemos la cabeza!

Ahora el cuerpo,
la chaqueta,
los botones,
la cadena,
la corbata,
una manga,
otra manga,
una mano,
otra mano,
Una pernera,
otra pernera,
una bota,
otra bota,
un pie, otro pie.

El juego del dibujo,
¡qué bonito es!
¡Atención, niños, atención!
¡Que le falta un detalle,
el corazón!

Gloria FUERTES

CALIGRAFÍA

La cabeza sobre el brazo
y el brazo sobre la mesa;
asomando entre los dientes
la puntita de la lengua;
los ojos desorbitados
a fuerza de aplicación...
Muchas ase, ose, use...
Y en cada línea, un borrón.

Ángela FIGUEIRA AYMERICH

TABLA DE MULTIPLICAR

Dos por uno es dos,
dos por dos, cuadro.
Tras de la ventana,
un cielo claro.

Dos por uno es dos,
dos por dos, cuatro.
Cruza la ventana
un pájaro.

—¡Silencio!—

Dictado:
Las agudas se acentúan
cuando... —No se cuándo.

Celia VIÑAS

ROMANCE DEL CATECISMO
DE MI INFANCIA

CATECISMO; tapas rojas.
Soniquete. Monjas. Pan
con chocolate. Estampitas
de filo dorado. Van
los niños en filas. Vuelven
amargos en su hombredad.
Cantan los niños a coro,
pero ya es otro cantar.
Contra avaricia, largueza;
contra envidia, caridad;
contra caridad, justicia;
contra injusticia, verdad.
Contra todos vamos todos;
basta ya de soledad.
Todos juntos, vamos, ea,
(contra pereza, ¡adelante!)
vamos ya.

(Suena la hora. Los niños
vuelan a su libertad.)

Rafael MONTESINOS

CATECISMO
RDO. PADRE
ASTETE

RECUERDO INFANTIL

Una tarde parda y fría
de invierno. Los colegiales
estudian. Monotonía
de lluvia tras los cristales.

Es la clase. En un cartel
se representa a Caín
fugitivo, y muerto Abel,
junto a una mancha carmín.

Con timbre sonoro y hueco
truena el maestro, un anciano
mal vestido enjuto y seco,
que lleva un libro en la mano.

Y todo un coro infantil
va cantando la lección:
mil veces ciento, cien mil,
mil veces mil, un millón.

Una tarde parda y fría
de invierno. Los colegiales
estudian. Monotonía
de la lluvia en los cristales.

Antonio MACHADO

Índice

DUERME, NIÑO, DUERME...

EN EL RINCÓN DEL PARQUE...

POR CAMINOS AZULES JUGARÍA...

MIL VECES MIL, UN MILLÓN

Escribieron y dibujaron...

J. García Padrino
Lucía Solana

Lucía y Jaime han unido para esta antología sus experiencias como docentes. Lucía trabaja en el aula de primaria y se preocupa por acercar la poesía a sus alumnos, no sólo como mediadora sino también como creadora. Jaime es profesor dedicado a formar a futuros profesores e investigador dedicado a recuperar la historia de la literatura infantil y juvenil española.

En estos últimos años parece que la llamada poesía infantil no sólo demuestra su pervivencia en bien distintas circunstancias sociales, sino que trata de conseguir un lugar importante en las ediciones dedicadas a la infancia. ¿Cuál es, en su opinión, la razón de ese arraigo y recuperación actual?

—La poesía siempre ha estado al lado de cada niño y niña que nace. Desde las primeras palabras poéticas que los adultos les ofrecemos —en forma de nanas y canciones— hasta las adivinanzas, retahílas, fórmulas y otras canciones de sus primeros juegos. Además, a los niños y niñas les gusta jugar con los sonidos de las palabras y con los sentidos y valores que descubren en ellas. Y esa predisposición innata de la infancia hacia la poesía vuelve a ganar sitio en la escuela y, afortunadamente, la atención de algunos editores actuales.

—*Seguramente, más de un lector sentirá el deseo de escribir un poema después de leer este libro. ¿Qué consejo le darían para que se anime a ello?*

—Es muy difícil siempre dar consejos a alguien en abstracto y más para algo tan complejo como animarse a escribir poesía. Lo más importante, en este caso, es disfrutar con el lenguaje poético y sentirnos animados a emplear nuestros propios recursos lingüísticos, más que para ser artistas poetas, para aquello que defendía Rodari de que nadie sea esclavo de la palabra.

Luis
de Horna

—*Luis de Horna ha ilus-* *trado cerca de cincuenta libros. ¿Cómo fueron sus inicios en la ilustración de libros infantiles?*

—Mis comienzos en el mundo de la ilustración tuvieron mucho que ver con la imprenta. Mi familiaridad con ese mundo me llevó a editar por mi cuenta dos libros de bibliófilo con lino-grabados. Naturalmente en edición limitada y con un texto poético propio. Lo demás vino rodando.

—*¿Existe un planteamiento o concepto diferente a la hora de ilustrar un poema o un texto de otro género?*

—Al ilustrar un libro debe haber por fuerza una comunión con el mundo literario que se transmite. Siempre he preferido textos poéticos para dibujar porque ofrecen en un solo poema una multitud de sugerencias plásticas, lo que te permite elegir aquéllas más afines a tu sensibilidad.

—*¿Qué ha representado para usted ilustrar este libro de poesía?*

—Con este libro he disfrutado mucho. No estaba exento de dificultades. Por ejemplo, en la primera parte hay un número elevado de canciones de cuna en las que, como es natural, los protagonistas son siempre un niño y una madre, lo que te obliga a ingeniártelas y buscar el modo de que las imágenes sean lo más diferente posible. Hay un problema muy común en los ilustradores: encontrar espacios de tranquilidad adecuados a lo largo de los días para centrarse en su trabajo. La vida está llena de obligaciones y urgencias que dificultan esa necesaria soledad. Siempre he dicho que lo más difícil en mi tarea como ilustrador no es ni artístico, ni técnico. Es, sencillamente, poder disponer del tiempo y el ambiente necesarios para trabajar como si no se trabajase.

Autores
seleccionados

ALBERTI, Rafael: «El ángel de los números», en *Poesía (1924-1967)*. Madrid: Aguilar, 1972, pp. 330-331.

— «Nana del niño malo», en *Poesía (1924-1967)*. Madrid: Aguilar, 1972, p. 38.

CEBA, Juan José: «Nana para el sueño de un ángel», en *Poesía andaluza como recurso globalizador en EGB*, de José y Fernando Tuvill. Almería: Cajal, 1985, p. 37.

CELA, Camilo J.: «Nana del burro Gorrión», en *Cancionero de la Alcarria: con los versos manuscritos y su transcripción*. Barcelona: Círculo de Lectores, 1987, p. 21.

CELAYA, Gabriel y GASCÓN, Amparo: «Divertimiento», en *Poesía: 1934-61*. Madrid: Giner, 1962, p. 534.

CONDE, Carmen: «Nanas de la luz», en *Canciones de nana y desvelo*. Valladolid: Miñón, 1985, p. 11.

DIEGO, Gerardo: «Canción de corro», en *Cementerio civil*. Barcelona: Plaza y Janés, 1972, pp. 71-72.

— «Niño», en *Primera antología de sus versos*. Madrid: Espasa-Calpe, 5ª ed., 1958, pp. 143

EGEA, Julio Alfredo: «La cometa», en *Nana para dormir muñecas*. Madrid: Nacional, 1965, p. 19.

FELIPE, León: «Un caballo blanco», en *Versos y Oraciones de Caminante*. Madrid: Visor, 1983, p. 33.

FIGUEIRA AYMERICH, Ángela: «Caligrafía», en *Obras completas*. Madrid: Hiperión, 1986, p. 45.

— «Nana del niño goloso», en *Obras completas*. Madrid: Hiperión, 1986, p. 42.

FUERTES, Gloria: «Versos de la madre», en *Canciones para niños*. Madrid: Escuela Española, 1952, p. 4.

— «¡A la comba!», en *Pirulí. Versos para párvulos*. Madrid: Escuela Española, 3ª ed., 1963, p. 29.

— «Cómo se dibuja un señor», en *La oca loca*. Madrid: Escuela Española, 6ª ed., 1984, p. 9.

GARCÍA LORCA, Federico: «Duérmete, clavel...» en *Bodas de sangre (Obras completas)*. Madrid: Aguilar, 9ª ed., 1965, pp. 1193-1194.

HIDALGO, José Luis: «Oye, hijo mío, oye», en *Obra poética completa*, ed. y pról. Mª Gracia de Ifach. Santander: Institución Cultural de Cantabria/Dip. Provincial, 1976, pp. 159-160.

IBARBORU, Juana de: «Nana (La señora luna)», publicado en *«El Sol», diario de Madrid* y recog. por J. L. Sánchez Trincado y R. Olivares Figueroa, *Poesía infantil recitable*. Madrid: Aguilar, 1934, p. 64.

LAGOS, Concha: «Las cuentas claras», en *A la rueda del viento*. Valladolid: Miñón, 1985, p. 24.

— «Nana de la paloma», en *La rueda del viento*. Valladolid: Miñón, 1985, p. 55.

LEDESMA CRIADO, José: «En el parque», en *Los niños y la tarde (1960-1966)*. Salamanca: Edic. autor, 1967, pp. 29-30.

MACHADO, Antonio: «Recuerdo infantil», en *Donde las rocas sueñan. Antología esencial (1903-1939)*. Selec. de Joaquín Marco. Barcelona: Círculo de lectores, 1999, p. 48.

MISTRAL, Gabriela: «Caricia», en *Ternura. Canciones de niños*. Madrid: Calleja, 1924, p. 73.

MONTESINOS, Rafael: «Romance del catecismo de mi infancia», en *Antología poética: 1944-1995*. Sevilla: Diputación Provincial, 1995, p. 151.

MURCIANO, Carlos: «Los pies fríos», en *La bufanda amarilla*. Madrid: Escuela Española, 1985, pp. 12-13.

ROMERO, Marina: «Pinto, pinto», en *Poemas a Doña Chavala y don Chaval...* Zaragoza: Edelvives, 1987, pp. 36-39.

ROMERO YEBRA, Ana M.ª: «La luna blanca», en *Hormiguita negra*. Madrid: Escuela Española, 1988, pp. 30-31.

ROSALES, Luis: «Nana», en *Retablo sacro del Nacimiento del Señor*. Madrid: Escorial, 1940, pp. 30-31.

SOLANA, Lucía: «El juego», en *Nanas y poemas (Versos para antes y después de nacer)*. Madrid: edic. de la autora, 1998, p. 51.

UNAMUNO, Miguel de: «La media luna es una cuna (A mi primer nieto)», en *Cancionero*. Madrid: Akal, 1984, pp. 444.

VÁZQUEZ, Pura: «Ansia», en *Columpio de luna a sol (Poesía infantil)*. Madrid: Boris Bureba, (s.a.: 1952), pp. 65-66.

VIÑAS, Celia: «Nana de la niña mala», en *Canción tonta en el Sur*. Almería: Gutenberg, 1984, p. 21.

— «Sarampión», en *Canción tonta en el Sur*. Almería: Gutenberg, 1984, p. 119.

— «Tabla de multiplicar», en *Canción tonta en el Sur*. Almería: Gutenberg, 1984, p. 65.

VIVANCO, Luis Felipe: «Canción de Maitina», en A. Medina, *El silbo del aire, 1*. Barcelona: Vicens-Vives, 7ª ed., 1971, p. 63.

TÍTULOS PUBLICADOS
A partir de 8 años

Mi primer libro de poemas
J. R. Jiménez, Lorca y Alberti
Ilustrado por Luis de Horna

La sirena en la lata de sardinas
Gudrun Pausewang
Ilustrado por Markus Grolik

Cuentos para todo el año
Carles Cano
Ilustrado por Federico Delicado

Los traspiés de Alicia Paf

Gianni Rodari

Ilustrado por Montse Ginesta

Marina y Caballito de mar

Olga Xirinacs

Ilustrado por Asun Balzola

Charly, el ratón cazagatos

Gerd Fuchs

Ilustrado por Manfred Bofinger

El palacio de papel

José Zafra

Ilustrado por Emilio Urberuaga

Los negocios del señor Gato
Gianni Rodari
Ilustrado por Montse Ginesta

Por caminos azules...
Antología de Poesía infantil
a cargo de
J. García Padrino y Lucia Solana
Ilustrado por Luis de Horna